고함쳐서 당신으로 태어나리

시작시인선 0503 고함쳐서 당신으로 태어나리

1판 1쇄 펴낸날 2024년 7월 10일
지은이 임성구
펴낸이 이재무
기획위원 김춘식, 유성호, 이형권, 임지연, 차성환, 홍용희
책임편집 박예솔
편집디자인 민성돈, 김지웅, 정영아
펴낸곳 (주)천년의시작
등록번호 제301-2012-033호
등록일자 2006년 1월 10일
주소 (03132) 서울시 종로구 삼일대로32길 36 운현신화타워 502호
전화 02-723-8668
팩스 02-723-8630
블로그 blog.naver.com/poemsijak
이메일 poemsijak@hanmail.net

ⓒ임성구, 2024, printed in Seoul, Korea

ISBN 978-89-6021-769-0 04810
        978-89-6021-069-1 04810(세트)

값 11,000원

*이 책은 경남문화예술진흥원 의 문화예술 지원금을 일부 지원받아 발간되었습니다.

고함쳐서 당신으로 태어나리

임성구

천년의
시 작

시인의 말

고함칠 용기보다 열망만 가득하다.

오늘의 열망을 꾹꾹 다져 심는 내일은,

더 푸르게 고함쳐서 세상의 중심에 서리라.

차 례

시인의 말

제1부 맑은 사랑으로 건너가는 시간

제3부 세상을 긴밀히 바라보는 여러 가지 풍경

제4부 슬픔과 즐겁게 놀면서 희망 찾기

해 설

제1부 맑은 사랑으로 건너가는 시간

해바라기

오직 당신 만나기 위해
어느 천변 홀로 서서

수 밤을 고개 숙여
간절히 기도합니다

뜨겁게 사랑이 온다면
고개 들어 웃겠습니다

봄, 청연암에서

자주 목단 나풀거리는 오월을 입은 청연암
검정 양복 한 사내가 스님 따라 법당에 든다
한 자루 향불 든 손이 바들바들 떨고 있다

부처님 염화미소에 떨린 손 풀어 합장하고
간절한 마음 바치는 저 심연의 연못에는
네다섯 비단잉어가 유영하며 읽는 경전

향불이 다 탈 때까지 목단과 대웅전 사이
극락왕생 소원하는 사내와 스님 사이
뎅그렁 풍경이 운다, 하늘 문이 열린다

놋숟가락, 청꽃 피다

오래된 사람들의 손 지문 입술 자국이
무수한 비와 이슬 햇빛과 그늘을 먹고
파리한 꽃을 피우고 있다
겹겹 숨의 감정으로

주린 생을 전송하던 한 떨기 희망 메시지
온 우주 에돌아 와서 내 앞에서 웃고 있다
환하게 너도 나처럼
대대손손 건너가라고

화양연화花樣年華

동면 끝낸 나비들은 가녀린 발길질로
두꺼운 얼음 깨고 나풀나풀 날아오는데
여든셋 박사 아재 나비는 왜 여태 주무시나

살구꽃 필 때쯤이면 어김없이 부르는 이름
백만 꽃이 다 떨어져도 맺지 못한 열매처럼,
얼빠진 연애 박사 아재가, 열창하는 〈18세 순이〉

그 노래만 살랑살랑 나비처럼 날아드네
온종일 오지 않을 풋사랑과 숨바꼭질하며
초침을 거꾸로만 돌리는, 술래잡이 저 소년

맑은 사랑의 시간

풀잎처럼 순하디순한 긴 생머리 여자가
청사과 한 입 베 물고 바람결에 흔들린다
만지면 시들 것만 같아 앙가슴만 부풀고

눈에서 눈빛으로 전송하는 이모티콘처럼
하늘거린 풀꽃 향기로 건너가 안고 싶다
눈물이 마를 때까지 통기타 노래 들려주며

슬픔이 천둥 같아 두려움에 떠는 날이면
더 세게 고함쳐서 당신으로 태어나리
별처럼 떠도는 시간 속에 피워 올린 연꽃처럼

의미를 담는 잔

온종일 퍼부어 대는 쌍욕 같은 빗줄기 보며

단단하게 부으라는 노시인의 가혹한 형벌

은유는 온데간데없고

마음 자락 다 젖는,

비와 바람이 조금 있는 날

지금 나는 물을 끓이고
나는 지금 끓인 물 붓고

케냐를 내리지만
케냐엔 가 본 적 없다

오묘한 맛의 나라가

연인처럼
향기롭다

낙타를 읽는 밤*

시인의 목소리가 낙타를 몰고 온다
파노라마로 펼쳐지는 몽환의 사막이여
강렬한 태양이 숨겨 놓은, 물기 많은 오아시스여

무수한 별들 속에 쏟아지는 별똥별 몇
목마른 문장 속으로 살포시 내려앉으면
굳은살 오지게 박인 내 등짐에도 꽃이 온다

팡! 팡! 팡! 꽃잎들이 참 맑게 벙근 소리와
장편소설을 함축한 저 갸륵한 시의 지문 속
억만 평 은하를 짊어진 듯, 반짝이는 심장 하나

* 이달균 시인의 시조 「낙타」에 대한 동영상과 마음을 나누는 밤.

꽃다운 시절의 연가

1

헤어진 10분이 1시간보다 더 길었고
밤이 하얗다는 걸 알아 가는 지루한 시간
살구꽃 저 혼자 피는 소리
애간장만 녹는다

2

청벚꽃 만개한 부처님 집 개심사에도
복사꽃 흐드러진 영천댁 과수밭에도
봄바람 온몸을 뒤흔들면
꽃물 터진 마음자리

3

팔순 넘긴 한 사내가 꽃밭을 서성인다
한 발 한 컷 도장 찍으며 무슨 생각 하는 걸까?
아득히 지나쳐 온 세월 속
나와 같은 청춘이네

한 생이 건너가는 길목

참나리꽃 흔들리는 원동역 철로 변엔

누가 쓴 편지인지 반쯤 탄 채 서성이나

하늘 문 맑게 열리는 날

나비 엄마와 가려나

그믐달 남자의 사랑법

웬만한 천둥도 다 견뎌 낸 느티나무가
혼자서 목쉰 소리로 밤새도록 울고 있다
나무의 혈관들이 저릿해, 비와 술에 젖는다

속눈썹 매우 깊던 초승달 그 여자가
반대편에 서성이며 빛나게 날 부르면
낮달로 슬쩍 건너가서 몸 포개며 웃겠네

비에 젖은 술잔 몇, 술에 젖은 빗줄기 몇
감춰 둔 조각조각이 푸른 악보 그려 놓고

꼭 다문
허밍 노래 부르면
북극 바람도 뜨겁겠네

눈물 찔끔 나도록 웃어 보는 일

『회를 먹던 가족』 출판기념회는 천진난만 꽃밭이다
남자 셋 여자 셋이 오리고기 세 판을 먹고
우르르 뒤뚱뒤뚱 꽥꽥꽥
커피숍으로 몰려간다

케이크에 촛불 켜고 축사祝辭를 나누는 동안
우스꽝스러운 표정 담는 휴대폰 남자 때문
눈물이 찔끔 나도록 웃는다,
오리 먹은 가족, 하- 하- 하-

웃다 흘린 눈물 저편 도시 별이 반짝반짝
한여름 크리스마스 트리 같기도 하다는 여자
순간이 영원하기를 기도하는 시인 여섯

공명 동굴

한 방울의 물소리가 아주 큰 힘을 가졌네
귀청 찢어지도록 달팽이관에 닿는 여운
단단한 돌집 한 채가 무너져 내릴 것만 같네

오리나무 잎잎들이 뱉어 내는 푸른 바람
동굴로 쑥 들어와서 어둠을 밝혀 주네
포로롱 날아든 새 한 마리, 목 축이며 나를 보네

맑아진 행간 속에 '또옥똑 으응' 물소리 공명
징검돌 놓듯 시詩를 놓아 징 소리를 내고 있네
산과 산 도봉道峯들이 일제히, 내 갈 길을 밝혀 주네

밤의 원본대조필

자정을 지나면서 불빛이 사라진다
하나씩 사라지는 백만 도시 불의 생명
현란한 3시 30분 이전
제집으로 죽으러 간다

가로등 불빛 몇만 쓸쓸히 살아갈 즘
아파트 옥상과 가까이 사는 나는
별이 된 사람을 만나고
검정들을 필사한다

이 밤 한가운데 술독에 빠진 남자
비틀비틀 걸어가다 넘어져서 울던 남자
총총한, 별 이불을 덮고
드렁드렁 코를 곤다

희미한 농장

몇 방울 수면유도제가 눈을 슬쩍 감겼다
외눈에 불을 켠 내시경이라는 뱀 한 마리
포위망 좁혀 오는 형사처럼
공복의 날을 조사 중이다

36계 줄행랑도 못 치는 몸이 되어
몽상의 과수밭에서 포도알을 세고 있다
약효가 희미해질 무렵
무표정으로 가는 뱀

목포항으로 오는 배

나는 지금 경상도 하고 마산항에 서 있지만
어느새 유달산에서 이난영처럼 바라본다
갈매기 환호를 받으며
부둣가에 닿는 배

〈목포의 눈물〉이 순식간에, 〈목포는 항구다〉로 전향되는,
쿵짝쿵짝 신이 나서 꽃으로 피어나는,
여기는 새천년의 항구
거센 파도도 순해진다

서울 사람 부산 사람, 백두 사람 한라 사람
한자리에 모두 모여 목포항 등대 되자
세상을 먹여 살려 줄
풍요롭고 싱싱한 빛

늦가을, 강진만康津灣 대저택 이야기

살짝 마른 갈대밭에 새들이 찾아오면
변두리 쑥부쟁이꽃 다복한 보랏빛 웃음
몇만 평 그 웃음 보려고, 집을 나선 짱뚱어

사람들은 짱뚱어가 신기한 듯 내려다보고
짱뚱어는 사람들이 신기한 듯 올려다보고
색다른 구경거리에 더 다복해진 쑥부쟁이꽃

시인은 개펄 원고지 펼쳐 놓고 시를 쓰네
광활한 영감靈感을 낭독하는 새와 나눈
강진만 빼곡한 생명 절창, 감탄사가 안 아깝네

바람을 만져 보다

적당한 점심 먹고 산책길을 나선다
한 걸음 한 걸음 지나가는 요 짧은 시간
뭔가가 내 손가락을 툭! 치면서 지나간다

스을쩍 낚아채서 그 체온 느끼는 순간
바로 앞에 삼백예순다섯 나무가 서 있다
칸칸이 사계절 뚜렷한 꽃, 쉼 없이 지고 핀다

제2부 그리운 간이역에서 쓰는 편지

달빛 먹방

급체한 세상의 동굴이 환해졌네
그늘 모두 지우고서 낮보다 뜨겁게 피는
빵 한 입 베어 먹는 밤,
종이비행기 타고 가네

나는 분명 혼잔데 내가 많아 환해졌네
일제히 달빛 분꽃이 돌림노래 시작하네
한 음절 잘라 먹으면 1센티씩 크는 영혼

우주 돌담 기어오르는 묵묵한 담쟁이같이
갈지자 미로 행간 뛰어넘는 박꽃같이
별 물을 무한정 퍼 올린
말줄임표 보름달

그리운 간이역에서 쓰는 편지

들꽃 같은 한 시인의 부고가 도착했다
일생을 유서처럼 쓴, 몇 권의 시집들이
하차를 시작하는 시간
푸른 나비 마중 온다

오늘은 가장 맑은 찬송가를 불러야겠다
뜨거운 묘비를 맴도는 그리운 간이역*
눈물로 꽃이란 꽃 다 피우고
하늘 향낭 걸어 두겠네

당신 시집에 등을 기대 내 생명 연장했네
이제는 누구 시집에 등 기대며 길을 열까

바람에 흔들리는 조시弔詩
나비 편으로 부칩니다

* 박권숙 시인의 시조집 두 권(「뜨거운 묘비」「그리운 간이역」).

심장에 박힌 달빛 사랑

저 차가운 달빛에서 사랑이 내려오다니
대숲에 서걱이며 청음淸音이 내리꽂히다니
한 방울 이슬로 건너간,
무한정 밤은 황홀하고

천 년 전 피리 불며 아이야 나오너라
대금산조 이끌고 가는 우리 사랑 따라오너라
티 없는 웃음 두레박으로 세상 보석 다 담아 줄게

여자의 간절한 기도 별빛으로 반짝이고
땅에서 솟아나는 죽순 같은 심장들은
한바탕 굿판 벌여 놓고 바람의 땀을 수습 중

그 무거운 짐도 나를 살게 한 힘이었음을

두 어깨 친친 감고 올라온 가시덤불처럼
사방팔방 뻗어 가는 산죽 뿌리 억척같이
협곡을 울리고도 남을
소리 없는 아우성*

고된 등짝 암벽 삼아 더듬더듬 피어난 꽃
꽃봉오리 산봉우리 빙산 곳곳 번져 가는

촉수觸手가
내 생명 줄이었음을

조금씩
알 것 같네

* 유치환의 「깃발」에서 인용.

아주 평범한 후회

세상을 살다 보면 마음처럼 되지 않아
잠시 멈칫하고 더 큰 발로 건너야 할 때
비로소 소중한 너를, 다시 한번 생각한다

작거나 못생긴 돌이 물살을 견디지 못해
홀연히 홀연히 떠내려가서 허전할 때
불안을 호소한 것은 네가 아닌 나란 것을

거룩한 꽃만 보고, 나 혼자 그 꽃만 보고
징검징검 네 굽은 등, 무수히 밟고 지날 땐
돌 하나 못 받쳐 준 나를, 그래도 용서하겠니

힘센 과장법의 밤

알 품은 아내 방은 꿈나라에 이미 가 있고

딸 방은 별나라에서 백마 탄 남잘 만나고

아들은 달빛 평야 한가운데, 돈키호테처럼 달리고

잠들지 못한 거실은 시인의 습작 바다

밤 2시 서로 다른 주제를 펼쳐 놓고

뜨겁게 토론하는 방, 그 열기가 가당찮다

평온하게 뜨거운, 셋은 매우 고요하고

들끓는 컴바다*에서 낚싯대 드리운 채

월척을 낚겠다는 남자, 못 주겠다는 저 달빛

>

헛입질 시어詩魚 떼들 밀당은 거세지고

융단폭격 맞은 듯이 심장은 공허하고

미완성 종장終章 일부만 밤바람에 나부낀다

* 컴바다: '컴퓨터 바다'를 줄인 신조어.

바람이 불어오는 곳

먼 길 떠났던 김광석이 돌아오는 곳
햇살이 들꽃 향기 데리고 기타 선율로
바람은 하모니카와 살가운 목소리로

가볍게 내려앉는 감성의 이슬들은
목석의 시간을 연두로 사뿐 깨우고
당신이 오시는 쪽으로 손차양하게 하는 그곳

메마른 땅을 적시듯 쩍쩍 금 간 영혼까지
꽃비로 흩날리는 하늘 구름 바라보면
별처럼 무한정으로 반짝이는 천국 오선지

천국에 그려 놓은 악보 따라 걸으며
달콤한 바람 여백에 시를 쓰고 노래하네
세상이 흐뭇해질 때까지, 피워 올린 꽃 언덕

참으로 감질나는 사랑

딱히 아픈 곳 없이, 콕 집어 말할 수도 없이
아프고 가려워서 잠 못 이루는 밤아
시뻘건 내 심장의 내부가
손톱자국으로 난감하다

양조위와 장만옥의 숨어 피는 사랑처럼
화양연화는 일제히, 밤에만 타오르고
낮에는 뼈 잃은 물건처럼
맥도 못 추는 마음자리

화성의 검劍

20세기 태어나서 21세기를 사는 사내가
잘 익은 가을 한복판 수원 품은 화성을 걷다
서쪽 성城 화서문 앞에 가만 서서 묵념하네

천천히 고개 들고 감은 눈을 뜨면서
300년 전 정조 18년 그 시절에 태어나네
장수將帥로 군사를 호령하며 팔작지붕 세우네

영차영차 큰 돌 옮긴 피와 땀의 얼룩 지문과
목숨을 던져 가며 미인처럼 세운 성곽에
우렁찬 함성을 새기네, 천 년 후에도 안 무너질

덧없이 부드럽고 강건한 조선의 검劍이여
핏발로 세운 깃발 미래는 아름답길
굳건히 지켜 낸 성문城門 이날을 꼭 잊지 않길

눈 깜짝할 사이 시가 지나갔다

중년의 바리스타가 커피를 내리는 동안
살구꽃이 폈다 지고 복사꽃이 또 폈다 지고
천둥을 몰고 온 소나기가 커피 향을 머금었다

한 모금 진한 향기 몸 곳곳을 지날 때
창원시 용호동 메타세쿼이아 철로 변에
동화 속 간이역이 하나씩, 생겨났다 사라졌다

피었다 진 꽃이나, 생겼다 사라진 역사驛舍가
황혼 녘 단풍잎을 하늘 가지에 걸어 두고
또 한번 연두를 꿈꾸는데, 꽃 벼락을 맞았다

자운영

친환경 녹비綠肥로 그대에게 가기 위해
오월이면 분홍 입술로 활짝 여는 교리입니다
세상에 거름 되라는 백비白碑 같은 비단 말씀

이미 떠나고 안 계신 야생의 들녘에서
찰진 밥 같은 자식은 정겹게 섬깁니다
단 한 번 해거리도 없이
꽃밥을 퍼 올립니다

당신의 아들과 손주, 증손주 고손주가
단번에 갈아엎어도 눈물 없는 축문입니다
대대로 이어 가는 말씀
경청하러 또 오겠습니다

조연, 저 검정들은 모두

태양 주위 맴돌면서 한 생을 떠돌지만
철저한 어둠 속에서 적당한 빛 발하지만
스타가, 되고 싶다는 꿈
버린 적 없다, 단 한 번도

그러니 우리더러 "그깟 조연?" 그러지 마라
꽃을 위한 꽃받침들은 한시도 쉬지 않았다
노동자, 풀뿌리 같은 노동자
굳은살로 뜨는 별

검정들은 더 새까맣게 타야만 흰 재가 되고
우주로 흩어졌다 무리 짓는 재들은 모두
묵념의 술잔을 나눠 마시며 주기도문을 외운다

태양극장 버스 정류소를 지나며[*]

문득, 가고 없는 한 시인이 생각나서
태양극장 주변을 아직, 서성일 것만 같아서
101번 버스를 타고 그곳을 지나 본다

샛노란 옷을 입고 머리 땋은 그녀가
다소곳이 앉아 있다, 몇 해가 지나도록
자리를 뜨지 않고서 천국 버스 기다린다

민주화 항쟁으로 들끓었던 북마산 거리
아직 못 간 영혼들을 태워 가려 앉아 있다
오가는 사람들 사이, 선명하게 보이는

* 「태양극장 버스 정류소」를 쓴 박서영 시인을 생각함.

꽃받침

오로지 그댈 위해 이 한 몸 바치리다

온몸이 짓물러도 달 보는 마음으로

그대를 환하게 피우리다

어여쁜 나의,

금錦이여!

활짝 왔습니다

곤히 잠든 밤 12시
비밀의 꽃밭으로

빈틈이 없을 것 같아
쉬 못 닿던 씨앗 하나

수억만 킬로미터에 닿은
천왕성의 내 사랑

단팥죽과 홍시

1
창녕군 부곡면
커피 볶는 찻집에서

커피 대신 단팥죽을
쿠키 대신 홍시 놓고

시선이 단맛 깊이를 재면
망설여지는 눈길들

2
야당이든 여당이든
단맛 공약 싸움이라면

맛 죽과 과일 고르듯
국민 얼굴 환할 텐데

폭로와
고소 고발 난무한
쉰 맛의 널, 통째 버린다

함안에 오면

함안에 내려서면 참 착한 향기가 온다
합강정 물길 따라 돌아오시는 연어처럼
천 년 전 고향 사람들의 숨결 같은 연꽃이 핀다

아라가야 정원 지나 낙동강으로 가는 나비
낮에는 윤슬 위에 팔랑팔랑 놀아 보고
밤에는 무진정無盡亭 낙화에 취한
눈먼 사랑 찾아보고

둥글둥글 자식 같은 함안 수박 맛도 좋아
온 동네 노부모의 주름살도 확 펴지는
경쾌한 감탄사 같은 꽃구름
추억 한 줄로 물든다

설록雪綠에서 하룻밤

십 리 벚꽃이 상춘객을 불러 모으고
지리산 어느 산마을 초록 눈이 내리면
쌍계사 부처님 말씀이 이리 연하게 건너오실까?

순백의 그 꽃이 다 지고 나면 찾아오시는
비발디 《사계四季》처럼 경쾌하게 찾아오시는
찻잔 속 나비! 나비여! 은은하게 놀아나 보자

검은 밤이 새하얗게 피어나는 십 리 봄밤
다소곳이 오래도록 하동에 머물면서
연초록 새의 혓바닥이 다 닳도록 사랑하겠네

매실 엑기스를 쏟다

어이쿠 이 아까운 압축 문장을 풀어 버렸네
식탁에 흥건하게 젖은 건지 번지는 건지
천천히 아주 천천히 끈적끈적 늘린 평수坪數

행주로 닦으려다 더 깊숙이 바라본다
매실즙 건너편엔 따순 바람에 흩날리는 꽃
처녀 적 세상 해맑게 웃던
내 아내를 닮아 있다

십 분이 백 년같이 가만가만 꽃 시간인데
등 뒤에 불벼락이 가시광선처럼 떨어진다
꽃하고 한 삼십 년 살다 보니
화花가 화畫가 된 예쁜 여우!

제3부 세상을 긴밀히 바라보는 여러 가지 풍경

고통의 감동

짜릿한 아픔과 찌릿찌릿한 고통이 모여
꽃처럼 폭죽처럼 폭발하는 먼 밤하늘
큰곰별 무한정 반짝이네
몸 움츠린 겨울밤에

어슬렁 또 어슬렁 지상에 내려와서
아린 가슴 쓰다듬으며 잘 살라는 한마디에
뜨거운 눈물이 솟구쳐
살갗 터져도 환하네

식물들의 삶

살고자 살아남고자 어디든 찾아간다
무장한 푸른 관념과 붉게 피는 직유로 가고
중립을 못 지키는 기후
발아래서도 일어선다

네 독한 똥물도 벌컥벌컥 들이마신 밤
몇 날 며칠 순하게 응징하길 우러르며
때로는 강한 내성으로
몸을 꼬아 오른다

견고한 아스팔트에선 틈의 기회 엿보다
매연의 발에 으깨져 앉은뱅이로 건너가고
나비는 오지 않아도
무성함을 키운다

세 시에 술을 깐다는 것

시 쓴다는 핑계로 죽을 짓을 하고 있다

한 병 두 병 세 병까지 건너가는 몽롱함이

깡으로
써 내려가는

이 정신없는
여행길

절창

눈에 넣어도 안 아플
내 여자가 여기 있었네

흙 한 줌 닿지 않는
돌담 골목 작은 틈새

그늘을 물처럼 당겨 마시며
기형으로 핀 개민들레

명명名命*

난생처음 당신에게 건네받은 고귀한 선물

가는 곳곳 달고 다니며 빛나길 염원합니다

살과 뼈, 온몸이 타 버려도

온전하게 빛나기를

* 명명名命: 단순하게 붙여 주는 명명命名과 달리, 부여받아 평생을
달고 다니는 명명名命은 이름 중에 가장 빛나는 진주다.

감포 방파제에 걸터앉아

갈비뼈 사이사이 훅! 들어와 빠져나가는

그날의 그리움이 소주병을 비우고 있다

멍으로 가득 찬 눈물 주위

갈매기와 돌섬 하나

점심, 아쉬운 복귀

어른 키보다 높게 자란 철쭉꽃 무더기 속
한 남자 가만히 서서 웃는 꽃 바라봅니다
가끔은 셀카 속으로 꽃과 함께 저장하며

필락 말락 한 봉오리도 활짝 피는 점심시간
산책 시간 다 됐는데 사색만 길어진 길
꽃들이 야단법석입니다,
암행감찰 떴다고

가슴은 두근거리고 발걸음은 안 떨어지고
엉거주춤 떼는 걸음 뒤가 자꾸 시립니다
신호등 기다리다 돌아보니
빨갛게 웃는, 저 손 인사

창동 반경 1km

떠났던 청춘들이 회귀하는 창동 거리
고려당 빵 굽는 냄새 골목골목 돌아들면
분주한 먹자골목 아지매
호객 목청 살갑다

3·15 민주화 운동으로 들끓었던
남성파출소 사거리엔 최루탄 호각 소리 대신
버스킹, 비보이 춤꾼들이
예술혼을 달군다

오늘의 청춘도 있고 그날의 청춘도 있는
〈고향 생각〉 이은상도 〈창동 허새비〉 이선관도
시혼詩魂을 불태우던 오동동
술 향기가 뜨겁다

요절 복통 수상 소감

쑥부쟁이가 제 향기를 뿜뿜대는 시월 한낮
시인 한 분 수상 소감 풀어놓는데 말입니다
이미 진 계절 문장들이 다시 피고 있습니다

한 5분 지났을까요, 창밖 푸른 잎잎들이
파안대소 웃으시며 붉은 등불 켭니다
노을도 잇몸을 드러내 놓고 웃음 단풍 먹습니다

얼굴이 벌게지도록, 눈물이 찔끔 나도록
웃음 총 심장을 겨눈 저 유쾌한 달변達辯 입담
기어이 물개 박수 받아 내는, 배꼽 잡는 이 가을

날것

세종대왕이 달궈 놓은 용광로 같은 나랏말이
혹한을 맞은 듯이 얼어붙을 때가 있다

대화 중 절반인 욕설
국어사전을 뭉갠다

미국 말도 일본 말도 중국 말도 아닌 신조어
학교에서 배웠을까 학원에서 배웠을까

다가가 바른말 쓰자면
늙은 놈이 좆 깐단다

화끈거리는 이 뒤통수, 늙으면 죽어야지

나랏말 이미 주름져 참 좆같이 시들하다

창의적, 저 미로 같은 말이
목에 칼을 들이댄다

황매산, 개구리 울음 먹고 자라는 봄

청매화 몇 그루가 산개구리 먼저 델꼬 와*
얼음을 녹여 가며 버들강생이** 부르고 있다
홀쭉한 배로 밀어 올리는 개굴개굴 합창단

꽃가지 매달려서 아직은 차운 볕 쬐며
산마을 내려다보고 화음 켜는 저 봄봄봄
아득한 철쭉 아궁이
불을 먼저 지피네

* 델꼬 와: '데리고 와'의 방언.
** 버들강생이: 버들강아지의 방언.

팬텀싱어

유령들이 꼭짓점에서
목소리 지문 찍고 있다

꽃처럼 나무처럼
성난 파도 활화산같이

한 음을
올리고 내리는 일
아득한 경전 펼치는 일

동굴 안과 동굴 밖이 똑같은 빛을 낼 때
화음은 무대에서 새싹처럼 자라나고
관객은 감동 무늬를
저장하고 압축하고

5분 안에 전생前生과 먼 후생後生을 오가며
천 년을 살고 죽고 천 년을 죽고 사는
용광로 펄펄 끓는 쇳물 같은
그런 생을 누려 보는 일

왔다 그냥 갑니다

"엄마"라는 이름이 얼버무릴 이름이던가요?

한 번쯤 불러 봤어야 목 터지게나 불러 보지요

조용히 한숨 섞인 잔盞을 치고, 풀만 뜯다 갑니다

저 잘난 입들

아이고, 팔랑팔랑, 문디 잡것을 그냥 콱!

뭉개 뻴까 찢어 뿌까 주둥이가 똥걸레네

가을날 힘없이 나뒹구는 저 가벼운 잎들같이

대통령 뽑기 유세장에서 든 생각

깡패 왕국 빈 깡통처럼 헛공약이 요란하다
모이 주듯 흩뿌리는 저 달고나 지원금에
쓰디쓴 내일의 물가만
상한가로 치솟을 뿐

바보 같은 비장애인 국민을 속여야 해
곳곳에 몰래카메라 서민 경제 비보호 구역

머잖아
세금 천국입니다

국민 여러분!
고맙습니다

걸유乞宥 2

자기를 소중하게 대해 주지 않는다면요
당신은 그 무엇도 사랑할 자격 없습니다
당신이 더 사랑한다는 불량스러운 그 말씀

어쩌면 어쩌면요 대책 없이 흘려 놓은
어느 후보 공약 같은 새빨간 거짓말
나는요 당신보다 더, 나를 무척 사랑합니다

나를 사랑하듯이 뜨겁게 사랑할 테니
그저 당신은요 겸손하게 대해 주세요

날 두곤
쓰러지지 마세요

사랑합니다
이 조국을

저렇게 박 터지게 싸우다가

의사당은 알 수 없는 족속들이 사는 집이다
가치관이 다르거나 가치관을 버린 사람들
제 영혼, 허공에 띄워 놓고
삿대 팻대로 세운 집이다

풍선처럼 부풀어 오른, 헛공약이 팽팽해질 때
귀 막고 불안에 떠는 서민들 목쉰 울음
아랑곳, 아랑곳없이 이 방 갔다 저 방에 드는

하느님의 새들을 미워한 적 없었지만
당당堂堂 방방房房 박 터지며 꼴값 떠는 무리에게

그냥 확!
퍼붓고 싶은
욕 바가지 똥바가지

지구를 지켜라, 용사여!

물 위에 둥둥 떠서 입만 산 나라에서
오염수 바닷물에 왕창 흘려보낸다는데
자기 집, 수 킬로미터 떨어진
남의 나라 근처에서

참말로 말 안 되고, 돼먹지 못한 소리에
피켓 든 국민에게 괴담을 뿌린다는 왕
손바닥 왕王 자 새겼을 때
그 싹수 왜, 몰랐을까?

반려견을 사람보다 더 귀히 여기는 왕
이 나라가 동물의 왕국인 줄 아시나 보다
사람아, 의식 있는 사람아
독선의 사잘 물어뜯어라

우린 아직 이따금 푸르게 살아가지만
먼 훗날 우리 아이가 저 사나운 불독처럼
방사능 독毒으로 가득 찬
악귀 될까 무척 겁이 나

제4부 슬픔과 즐겁게 놀면서 희망 찾기

땅찔레

1

손톱 밑이 까매지도록 여린 순 까서 먹이듯
주름살 검버섯이 온몸으로 번지는 날

지상에 낮은 목소리로
다독다독 피고 있다

2

기억 모두 잃어버린 어느 구순 노모가
내 아들 내 딸들에게 정말 잘 살라는 듯

폭우 속 우산도 안 쓰고
우시는지 웃으시는지

마음 리모델링

이제, 낡은 것들은 들어내야 할 시간이다

반백 년 질질 끌고 돌아다닌 누추한 마음

꽃으로 한 대 맞고 싶다

새 옷 한 벌 입고 싶다

슬픔의 형용사

징검돌에 홀로 서서 우산도 없이 홀로 서서

사연 많은 사람처럼 왜가리가 울고 있다

비 젖은 강물을 하염없이, 넋 놓고 바라보며

여유를 아는 나이

비로소 선명해지는 초록과 분홍 노래
가슴 가득 만발해서 나비가 오고 있다
하늘엔 난蘭을 치는 새들과
윤슬 피는 바다 찻집

저들은 매일같이 맑은 문자로 서성였네
눈과 귀 마음까지 닫아 버린 날들이여
따뜻이 안아 주지 못해
미안해지는 황혼 녘

너무 아픈 아이에게

미안해, 아빠가 정말, 미안하고 미안해
젊은 날 독한 담배 친구처럼 달고 살았고
술은 또, 아비의 분풀이 대상
불량해진 널, 우짤꼬

미안해 엄마가 정말, 미안하고, 미안해,
네가 생길까 봐 피임을 열댓 번 했고
모질게 지워 버리려다
멍울로 핀 울음이여

상처를 탑처럼 쌓는 지구의 아이야
꽃처럼 웃어 보렴 무지개 길만 가렴
세상의 손가락질은 다
던져 버려, 저 강물에

쥐고기 굽는 남자

1.
예닐곱 살 아이와 예순예닐곱 남자가 있다
아이 몰래 쥐틀을 들고 물웅덩이 찾아간다
한겨울 그 바람 소리는
찍찍찍 맑은, 쥐 울음

일순간 울음 그치자, 부엌에선 울음 타는 냄새
남자가 후후 불며 아이를 먹이고 있다
아이는 꿩 소리 내며 받아먹고 해맑게 웃고

맛있는 고기 먹을 땐, 꿩 소리 내라는 남자
푸드덕 꿩 소리를 멈춘 건 여덟 살의 봄,
온몸이 부들부들 떨리는 봄,
남자에게 돌을 던진 봄,

2.
미안해요 미안해요, 미안해요 미안해요,
미안해요 미안해요, 미안해요 미안해요,
정말로, 너무 미안해요,
골백 번 우는 기일 날

세상에 없는 환한 얼굴

세상 제일 환한 꽃 실컷 보려 찾아왔다
봉안당에 들어서면 나는 가끔 흐느껴도
일제히 웃어 주는 사람들, 연꽃처럼 환하다

울다가도 환한 웃음 유발하는 이곳 사람들
내 영혼의 종착지는 울음이 없다는 듯
말없이 토닥이고 토닥이네, 향기롭게 따뜻하게

천진난만한 아들이 있었네

불의 나라 늑대 왕국, 한 아들이 있었네
초가삼간 다 태워 버려 타 죽어 가는 사람 앞에
잘났다, 내 잘났다 떠드는
한 아들이 있었네

어느 마을 골목 구석 허기에 지친 백성 앞에
염장을 제대로 지른 잘난 아들 있었네
오늘도 삶을 포기하는
늑대 왕국 백성들

꽃으로 가는 길을 싹둑싹둑 잘라 버리는 말
참말로 야무져서 송곳도 안 들어가는 말

궁궐만 빵빵한 나라?

아나 곶감아
엿 먹으라

흉터

미꿈하게* 잘 낳아 놓고 홀연히 떠난 엄마야

"잼잼잼 까꿍! 까꿍!" 천국 모빌 보는 내 맘

찔레밭 가시덤불에 펼친, 나비 날개 같구나

* 미꿈하다: '미끈하다'의 방언.

하르르, 연애 보고서

잠자리가 지나가는 시월 하늘 한복판

단풍 편지 실어 나르는 우체부를 보았어요

바람결 무한정으로 뒹구는 문장들은 꿈속이어요

당신 있는 북쪽 하늘과 나 있는 남쪽 하늘

닿지 못한 간절한 말 카톡으로 건너왔어요

밤새며 달아 놓은 댓글, 풍성해진 가을이어요

강물 유감

어쩔거나, 어쩔거나,
이 일을, 어쩔거나-

오늘도 어느 집 해가
철교에서 뛰어내렸다

말없이 날아가는 새처럼
유유자적의 강물이네

문득, 옛집을 지나며

어릴 때 반겨 주던
봉숭아 꽃물 노래
어딘가로 떠나시고
망초꽃에 나비 몇만

순박한
고무줄놀이 중이시다
그날의 계집아이처럼

깔깔깔 팔랑팔랑
도랑치마 그 끝자락
사내아이 장난기가
황토 먼지 일으킨 날

한바탕
소나기처럼
매타작도 쏟아졌지

그도 봄이었다

나라 녹祿 먹고 사는 그도 꽃이었다

수많은 불화살을 방패처럼 받아 내다

별이 된, 맷집 약한 사람아!

이젠 웃어라

하늘 벚꽃!

망모가亡母歌

굵은 빗줄기가 여리디여린 시절부터
가슴을 사정없이 사정없이 때리더니
환갑이 다 돼 가는 지금도, 자꾸만 따라다닙니다

내 심장 처마 밑에 작디작은 물웅덩이가
호수처럼 커져 버려 물고기 궁전입니다
슬픔의 플랑크톤을 엄마 젖처럼 먹고 사는……

진짜 저 말을 믿니?

어리석은 중생아! 진짜로 저 말 믿니?
인간아! 사람에게 악성 댓글 달다 못해
이제는 바다에까지 악성 댓글 달고 있냐

괜찮다는 저 말 믿는 이런 바보 멍충蟲아
물고기 조상들에게 물어나 보고 허락했니?
진짜로 "나, 괜찮다고 하던가?" 미치고 팔딱 뛰겠네

나라도 바다도 그냥 쫌! 가만두시고
세상의 독毒이 되는 발상發想 저 목을 치시오
어디서 아픈 지구의 평화, 숨통까지 끊으려 하오

희망 경전

당신의 작은 희망도 현실이 되기까지는

성실한 노력과 열정이 있어야 한다

보아라, 산정 높이 떠오른 저 붉은 태양도,

처음엔 어둠의 속살에서부터 출발했나니

당신의 간절한 기도가 길을 열면 꽃이 핀다

세상의 모든 어두운 것들아! 희망을 잃지 마라

불치병의 인생사도 찬란한 횃불 꿈꾸어라

한라에서 떠오른 해가 백두에서 질 때까지

세상은 당신을 향해 돌고 새 생명을 키운다

\>

절망보다 희망이 힘이 더 센 법이다

당신의 가슴속에 희망 조각 모아 모아서

절망을 무너뜨리자, 세상을 크게 일구자

푸른 함성

백 년 흐른 일동 마을 청보리밭 바람결 같은
4 · 3 의거 대한 독립 만세 쟁쟁하게 울려 퍼지는
그날의 느티나무가
아름드리로 서 있네

아직도 끊을 수 없는 함성의 푸른 넋으로
한라에서 백두까지 산 첩첩 그 너머까지
한글을 사랑하는 민족이여
다시 한번 만세 부르자

통일을 염원하는 마음과 마음 모아
순국선열 거룩한 죽음 비문처럼 되새겨
꽃 같은 후손들에게
눈부신 꿈 꾸게 하자

의사義士들의 만세 삼창 귓전에 맴돌아
가슴에 새겨야 할 역사는 영원하리니
우렁찬 노래 부르자
우리 민족 노래를……

공부를 좀 못해서 그렇지 시도 못 쓸까 봐

중학교 자~알 나오고
고등학교 겨우 나오고

반쯤 여닫은 대학 문에도
시 쓰는 덴 지장 없더라

내 더딘 하늘 두레박에는
별이 총총 담기더라

해 설

삶의 의지와 생동하는 시적 표상

구모룡(문학평론가)

　임성구 시인은 1994년 등단한 이후에 제1 시조집 『오랜 시간 골목에 서 있었다』(2010), 제2 시조집 『살구나무죽비』(2013), 제3 시조집 『앵통하다 봄』(2015), 제4 시조집 『혈색이 돌아왔다』(2019), 제5 시조집 『복사꽃 먹는 오후』(2021) 등을 발간하였다. 등단하고 16년 만에 낸 첫 시조집을 예외로 하면 대개 3, 4년의 시차를 두고 나왔고 제6 시조집 『고함쳐서 당신으로 태어나리』(2024)를 등단 30년에 이르러 내게 되었다. 앞선 책은 아직 나오지 않은 책의 서문이라는 아감벤의 말처럼 『고함쳐서 당신으로 태어나리』가 새로운 지평을 개진하리라 믿는다. 이 시조집에 실린 시편을 읽기 전에 먼저 2016년 시조 선집으로 나온 『형아』에 실려 있는 자전적 시론을 주목하고자 한다. 제3 시조집을 경과하고 제4 시조집으로 건너가는 중요한 길목에서 시인 스스로 자신의 시적 행로를 밝혀 놓았다는 점에서 좋은 참조가 될 수 있기 때문이다.

시선집 『형아』의 자전적 시론(「괜찮다 먹구야」)은 ① 시 쓰기와 자기 정립 ② 유년기의 기억과 시적 과정 ③ 현대시조 시학에 관한 입장 등을 설명한다. 이 글의 모두에 그는 제3 시조집에 실린 다음의 시편을 배치하고 있다.

> 섣불리 웃지 마라
>
> 장마의 날
> 있을 거다
> 함부로 젖지도 마라
>
> 우는 하늘
> 며칠이겠나
>
> 시인은
> 울음도 웃음도
>
> 절체절명에
>
> 쏟는
> 거야

—「먹구야」 전문

자전적 시론의 제목으로도 쓴 이 시편이 던지는 의미는 매우 크다. '먹구'라는 애칭으로 다른 자아(self)를 대상화하면서 이상적인 자아를 호명한다. 실제로 자기(self)를 구성하는 자아는 여럿이다. 가족과 사회적 관계에 상응하는 자아들이 있다. 물론 이러한 자아들과 자기가 다르거나 서로 대립하는 것은 아니다. 되고자 하거나 되어야만 하는 진정성의 자기를 설정함으로써 반성과 변화를 이끄는데 임성구는 이를 '시인'의 존재 차원으로 상정한다. 자아를 성찰하면서 이상적인 자기를 구현하는 위계 미학과 궤를 같이한다. 이와 같은 시인의 생각은 삶과 시의 연속성을 신뢰하고 시적 장치로서 페르소나를 내세워 발화하기보다 전정한 '나'의 입장에서 스스로 진술하는 성실성을 견지한다. 진정성과 성실성의 시법은 사회적이고 현실적인 자아에서 더 나은 이상적이고 시적인 자아로 나아가는 의지적인 도정을 중요하게 인식한다. 따라서 시는 이러한 의지의 반영으로 상승하는 형태를 얻는다. 이는 인용한 시편을 위시하여 임성구의 시편에서 우리가 거듭 만나게 되는 상승하는 이미지의 구조와 연관한다.

　그런데 ① 시 쓰기와 자기 정립의 문제는 ② 유년기의 기억과 시적 과정의 문제와 분리되지 않는다. 서정을 회감(回感)의 양식이라고 할 때 그 지향의 대상 가운데 유년이 차지하는 비중이 절대적이다. 비록 구체적으로 알 수 없는 영역이지만 의식이 분화되기 이전의 세계이자 현실과 단절된 장소이기 때문이다. 유년기의 경험은 행과 불행이 실타래처

럼 얽힌 형국이나 정체성의 혼란을 겪는 청년기를 지나면
현실과 단절된 저편에 존재하는 그리움의 대상이 된다. 그
러므로 서정을 구성하는 장력은 바로 단절이라는 비극적 감
성이다. 임성구 또한 이와 같은 비극적 감성의 소유자이므
로 필경 시인이 될 수밖에 없다.

　　지천명까지 건너왔다. 이 자리에 오기까지는 아득한 강
　물들이 진잎처럼 목이 쉰 채로 흘러갔다. 그저 힘없는 바람
　에도 영혼은 마른 풀종처럼 뎅뎅뎅 시나브로 흔들리고 있
　었다. 철커덕, 열한 살 적 기억에 잠겨 버린 내 영혼은 좀처
　럼 키가 크지 않았다. 슬픔에서 아픔으로 포개진 겹꽃잎들
　이 아린 진물로 안팎을 적시며 시를 쓴다. '가족'이란 그 따
　뜻한 말을 잃어버려 벙어리 냉가슴의 말을 쉬이 꺼내지 못
　해 여백에 울컥울컥 쏟아 썼다. 술 한 잔에 달 한 스푼, 별
　한 스푼, 삘기 젖과 고독을 또 한 스푼 타서 마셨다. 술 두
　잔에 싱싱한 화초와 아름드리나무를 심었고, 붉은 태양과
　초록 담쟁이 손 같은 천 갈래, 만 갈래의 희망을 뻗었다. 점
　점 술잔의 수를 더해 갈수록 자유와 평화를 그리고 분노
　와 저항을 심었다.
　　　　　　　　　　　　　　　　　　　　　─「괜찮다 먹구야」 부분

　윌리엄 블레이크는 "아이의 장난감과 노인의 사유는 두
계절이 빚은 하나의 열매"라고 하였다. 이는 에릭 에릭슨의
해석처럼 한편으로 아이의 놀이와 어른의 사유가 다를 바

없음을 의미하고 다른 한편으로 유년의 경험이 인생의 매 단계에 관여할 수 있음을 뜻한다. 인용문처럼 임성구 시인이 나이 오십에 접어들어 자기의 실존적 정체성을 들어 말하고 있는 삶의 여정은 유년기의 기억이 거듭 존재를 간섭하고 있음을 보여 준다. 유년의 어머니 부재와 청소년기의 아버지 부재라는 실존의 조건은 "열한 살 적 기억에 잠겨 버린 내 영혼은 좀처럼 키가 크지 않았다"라고 진술하고 있듯이 생각을 가로막고 사유를 차단하는 원치 않는 매듭으로 작용하였다. 시인은 이와 같은 정체성 혼란을 술을 마시면서 시를 쓰면서 극복하였다고 말한다. 술이 자아를 해방하는 묘약이라면 시는 자기를 생성하는 치유의 과정이다. 이 둘 사이를 왕래하면서 상실과 단절을 가슴에 품고서 공감과 화해를 꿈꾸었다고 하겠다. 자연스럽게 시인의 외부는 내부를 투사하고 동화하는 대상이 된다. 달과 삘기와 싱싱한 화초와 아름드리나무와 붉은 태양과 초록 담쟁이와 같은 사물에서 모성을 찾고 희망을 발견하며 자유와 평화, 분노와 저항의 세계상을 그려 낸다. 이러한 시인에게 은유로써 형성하는 전이의 수사학이 큰 동력이 된다. 이를 통하여 "아홉 살 또는 열한 살의 시간 속에 갇혀 버린 옥살이"에서 벗어나 "내 몸과 영혼의 상처가 더 빛나는 보석임을" 인식하기에 이른다. ③ 현대시조 시학에 관한 입장은 "얼음의 시간" "정지된 시간"의 수인에서 자유를 얻으며 실존적 정체성을 형성한 시인의 시조관으로 나타난다: "시인이 시작을 하는 것은 불가마 속에 아름다운 몸매와 문양이 탄생하기를 비는 도공의 마음이요, 큰 돌에 마음을 새겨 넣는 석공의 마음인 것이다. 나의 영혼은 마른 세상의 갈증을 해소하기 위한 '한 됫박 별물을 퍼 올리는' 부단한 노력과 고통 속에서 빛나는 온화한 바람인 것이다." 이처럼 시인은 연단과 연금의 과정을 중요하게 생각하는 마음의 시학을 표출하고 있다. 또한 동시에 생명의 물과 천상의 별이 하나가 되는 상승의 기운, 즉 "고통 속에서 빛나는 온화한 바람"을 생각하는 화해의 시학을 갈망한다. 과정의 시학, 마음의 시학, 화해의 시학은 임성구의 시 쓰기에서 주요한 얼개이다. 마음은 시적 원천이고 과정은 상실과 고통의 행로이며 화해는 궁극적인 도道에 가깝다. 그러므로 그 본령은 치열한 과정의 시학이다.

1994년 20대 후반에 등단하였으나 첫 시조집 『오랜 시간 골목에 서 있었다』가 나오기까지 16년이 경과하였다. 시인은 「시인의 말」을 통하여 "내 안에 촘촘히 박혀 있던 쇠창살의 녹슨 가시를 제거하는 시간들이 아주 더디게 흘렀다"라고 그 과정을 회고한다. 시를 만나고도 자기 안의 아이, 유년, 기억의 얽힘, 분열, 파란을 쉽사리 해소하기 힘들었다는 말이다. 이러한 사정은 제2 시조집의 「시인의 말」에서 "빛이 너무 멀었습니다"라는 진술로 변주되며 제4 시조집에서조차 「시인의 말」에서 "가슴에 옹이가 박혀 시의 혈색이 어둡다. 그러나 꿈을 꾼다"라는 진술로 나타난다. 이처럼 임성구의 시 세계는 변하지 않는 것과 변하는 것이 반복하고 변환하는 리토르넬로를 지니는데, 이를 따라 읽는 일이 종

요롭다. 하지만 그의 시편을 시인의 의도나 전기적 정보를 확인하는 과정으로 삼는 일은 풍요로운 해석 가능성을 차단한다. 무엇보다 의도나 기억은 시작을 가능하게 하고 다시 시작始作하는 사태를 직면하게 하는 시적 능력으로 받아들여져야 한다. 다시 그 의도를 좇아서 제5 시조집의「시인의 말」을 따라가면 "어둠을 밀어내고 수채화를 그릴 시간이 왔다. …(중략)… 울음을 통과한 모든 이에게 무한정 꽃을 보낸다"라는 진술과 만나게 된다. 임성구의 시적 여정(itinerary)이 갈등의 어둠을 지나고 새로운 장소의 풍경에 도달하였음을 알 수 있다. 하지만 제5 시조집에도 "땟물이 덜 빠진 여덟 살 아이"(「엄마가 필요했어요」 부분), "바닥에 주저앉아 우는 아이, 오래된 아이"(「지나가는 비」 부분), "꼭꼭 숨어 버린 내 속의 나"(「술래」 부분)가 등장하고 "한 살 때 떠난 어머니"(「고아」 부분)에 대한 무한한 그리움이 있다. 그만큼 "마시고 들어부어도 또렷해지는 유년"(「암전의 꽃」 부분)이 여전한데 이는 피할 수 없는 시적 원천이며 시작의 계속성을 추동하는 계기로 작동한다. 실상 유년은 알 수 없는 언어 이전의 대상으로 상실과 부재만 지각될 수는 없다. 자연 사물과 더불어 형성되는 느리고 미약한 화평도 존재하는 법이므로 유년을 통하여 현재의 자아를 떠올리는 일은 자기 연민과 자기애(나르시시즘)에서 벗어나는 시적 지각의 입구가 된다. 그러니까「복사꽃 먹는 오후」나「물벽」과 같은 시편에 당도하게 된다. "천도복숭 먹으며 하늘로 간 여자여/ 그 봄날의 꽃가지가 바람에 출렁이면/ 어여쁜 웃음이 울컥, 젖꽃처럼 환하

다"라는 「복사꽃 먹는 오후」의 2연처럼 어떤 죽음조차 아름
다운 풍경으로 상승한다.

> 캄캄하고 마른 벽이 깨끗이 지워졌다
> 수직으로 자라나서 허기를 감싸 주는
> 한 송이 저 거대한 물벽 봄을 불러 앉힌다
>
> 너의 가슴팍에서 실컷 한번 울어 본다
> 얼룩이 남지 않아 독한 술은 필요 없고
> 엄마를 찾지 않아도 일어설 수 있음을
>
> 푸르게 길을 내는 윈드서핑 꼿꼿함과
> 울긋불긋 펼쳐 놓은 꽃길 바로 걸으며
> 때 묻은 영혼을 모두 씻어 낸다, 참- 맑다-
>
> ―「물벽」 전문

어떤 변화하는 풍경이 시적 화자의 마음에 다가와 공감
을 부른다. 수직으로 상승하다 "한 송이 저 거대한" 꽃 같은
형상을 한 "물벽"을 보면서 그는 "봄"처럼 "엄마를 찾지 않
아도 일어설 수 있음을" 알며 "푸르게 길을 내는 윈드서핑"
에 "꼿꼿함"의 마음을 투사하고서 "꽃길 바로 걸으며" 영혼
을 정화한다. 아마 분수가 있고 그 뒤에 윈드서핑 그림이
펼쳐진 꽃길에서 시인이 그 풍경에 조응한 시편이라 생각
한다. 내부에 맺힌 감각이 아니라 외부에 이끌리는 열린 감

각의 표출이다. "시인은/ 울음도 웃음도// 절체절명에// 쏟는/ 거야"(「먹구야」부분)라고 엄숙하게 자기를 다잡던 태도에서 벗어나 자유로운 감성을 보여 주고 있다. 이쯤에서 임성구는 "시를 일처럼 쓰는 시인"(「포도나무 이발사의 꿈」부분)이라는 관념을 얻는다. 또한 "사람들아 시를 쓰자 세상에서 가장 맑은/ 직지사 석탑 돌아 내려오는 구름 붓으로/ 죽어도 잊히지 않는 그런 시를 품어 보자"(「다시, 분이네 살구나무」부분)라고 권유한다. 일상의 풍경 속에서 초월을 상상하는 범속한 트임이 드러나는 지점이다. 이처럼 제5 시조집 『복사꽃 먹는 오후』는 「시인의 말」이 천명하듯이 "울음을 통과한" 이의 "무한정 꽃"으로 피어나는 시적 전회를 이루고 있다.

　　오직 당신 만나기 위해
　　어느 천변 홀로 서서

　　수 밤을 고개 숙여
　　간절히 기도합니다

　　뜨겁게 사랑이 온다면
　　고개 들어 웃겠습니다

　　　　　　　　　　　　　　　—「해바라기」전문

　　제6 시조집 『고함쳐서 당신으로 태어나리』에서 첫 자리에 배치된 시편인데 단시조이다. "해바라기"라는 시적 대상

에 시적 화자의 마음을 투사하여 간절한 기다림을 이야기
한다. "당신"의 "사랑"을 간구하는 단독자의 자세인데 기다
림은 어떠한 계산과 이익도 배제한 가장 순수한 의식의 상
태를 의미한다. 단지 외부의 사물을 의인화한 데 그친 시
편이 아니다. 오히려 배려로서의 사랑을 발명하려는 의지
와 연관한다. 물론 이 시조에 등장하는 '당신'의 지향은 무
엇일까? 이러한 물음에 답하기 위하여 먼저 유년의 희망과
연관한 부재와 결핍의 의식을 다시 찾아볼 필요가 있다. 이
는 곧 임성구 시인이 줄곧 그려 온 어머니 이미지의 부재를
확인하는 일이다.

굵은 빗줄기가 여리디여린 시절부터
가슴을 사정없이 사정없이 때리더니
환갑이 다 돼 가는 지금도, 자꾸만 따라다닙니다

내 심장 처마 밑에 작디작은 물웅덩이가
호수처럼 커져 버려 물고기 궁전입니다
슬픔의 플랑크톤을 엄마 젖처럼 먹고 사는……
                                        ―「망모가」 전문

  이 시편이 말하듯이 이제 어머니 부재는 희망을 잃은 유
년의 감옥처럼 존재를 속박하지 않는다. 상실의 상처는 여
전하지만, 그로 인한 슬픔이 자라나서 새로운 생성의 자리
로 거듭나는 역설에 이르렀다. 이러한 역설은 또 다른 시편

인 「흥」에서 "잘 낳아 놓고 홀연히 떠난 엄마"를 생각하는 마음을 "찔레밭 가시덤불에 펼친, 나비 날개"에 비유하는 데서 잘 드러난다. 에릭 에릭슨은 유아기, 청소년기, 성인기라는 중요한 단계에서 나타나는 인간의 덕목 혹은 자아의 특질로 희망, 충실성, 배려를 들면서 이들은 각기 소망, 믿음, 사랑이라는 종교적 가치와 일치한다고 한다. 다시 시인의 전기적 정보를 따른다면 유아기에 줄어든 희망과 청소년기의 혼란을 상정할 수 있겠으나 이는 어디까지나 참조 사항일 뿐이다. 하지만 「공부를 좀 못해서 그렇지 시도 못 쓸까 봐」라는 시조집의 마지막 시편이 말하듯이 절망과 좌절 그리고 방황과 배회가 시를 쓰는 일에 밑거름이 되었음을 알기는 어렵지 않다. 「희망 경전」을 통하여 알 수 있듯이 시인은 의지의 삶을 강조한다.

당신의 작은 희망도 현실이 되기까지는

성실한 노력과 열정이 있어야 한다

보아라, 산정 높이 떠오른 저 붉은 태양도,

처음엔 어둠의 속살에서부터 출발했나니

당신의 간절한 기도가 길을 열면 꽃이 핀다

세상의 모든 어두운 것들아! 희망을 잃지 마라

불치병의 인생사도 찬란한 횃불 꿈꾸어라

한라에서 떠오른 해가 백두에서 질 때까지

세상은 당신을 향해 돌고 새 생명을 키운다

절망보다 희망이 힘이 더 센 법이다

당신의 가슴속에 희망 조각 모아 모아서

절망을 무너뜨리자, 세상을 크게 일구자
　　　　　　　　　　　　　—「희망 경전」 전문

　　우선 이 시편의 특징은 3행 4연의 경계를 허물고 시적 화
자의 목소리를 이어 가는 태도에서 찾을 수 있다. 뚜렷하고
확실한 주장을 선명하게 전달하기 위하여 형식의 제약을 어
느 정도 해체하고 상승하는 리듬을 포획한다. 여기서 시적
화자가 말하는 희망의 문법은 "작은 희망"이라도 "성실한
노력과 열정", "간절한 기도"가 더해지면 어둠과 절망을 이
겨 낼 수 있다는 믿음과 연관한다. 이는 "세상의 모든 어두
운 것들"에게 보내는 메시지이자 동시에 새로운 세상에 대
한 예감으로 발현한다. 에른스트 블로흐는 희망의 문법을

'아직은 아닌 의식'이라고 하였다. 또한 환멸과 환상은 알파와 오메가처럼 바로 인접해 있다고 했다. 이 시편에서 시적 화자 또한 "희망 조각 모아 모아서// 절망을 무너뜨리자, 세상을 크게 일구자"라고 외친다. 마치 김수영의 역경주의力耕主義처럼 좌절과 절망 그리고 고통을 겪은 사람의 진정한 마음이 배어난다. 따라서 「천진난만한 아들이 있었네」나 「진짜 저 말을 믿니?」와 같이 세계를 향한 풍자와 비판의 날을 세우기도 한다. 또한 「대통령 뽑기 유세장에서 든 생각」 「저렇게 박 터지게 싸우다가」 「지구를 지켜라, 용사여!」 등의 시편을 통하여 정치 현실을 직절直截하게 목소리 높여 고발한다. 그만큼 시인의 삶과 시의 여정이 깊고 커진 탓이다.

이제, 낡은 것들은 들어내야 할 시간이다

반백 년 질질 끌고 돌아다닌 누추한 마음

꽃으로 한 대 맞고 싶다

새 옷 한 벌 입고 싶다

—「마음 리모델링」 전문

이처럼 시인은 마음의 시학을 새로운 단계로 격상하려는 염원을 품는다. 이러한 지향이 있기에 "낡은 것들"과 "누추한 마음"에서 벗어나고자 한다. 가령 「문득, 옛집을 지나며」
가 그리고 있는 유년이 그렇다.

> 어릴 때 반겨 주던
> 봉숭아 꽃물 노래
> 어딘가로 떠나시고
> 망초꽃에 나비 몇만
>
> 순박한
> 고무줄놀이 중이시다
> 그날의 계집아이처럼
>
> 깔깔깔 팔랑팔랑
> 도랑치마 그 끝자락
> 사내아이 장난기가
> 황토 먼지 일으킨 날
>
> 한바탕
> 소나기처럼
> 매타작도 쏟아졌지
>
> ─「문득, 옛집을 지나며」 전문

시편 속의 의성어와 의태어처럼 매우 직접적인 경쾌함이
드러나 있다. 유년의 경험이 깃든 상실의 슬픔, 부재의 어둠은 전혀 나타나지 않는다. 둘째 연의 종장조차 "한바탕" 웃음을 유인한다. 생명을 지닌 사물의 활기가 가득하고 삶에 대한 낙관이 유난하다. 비극적 감성에서 촉발한 시작이 어느덧 긴 과정을 거치면서 화해의 지평을 열고 있다.

> 비로소 선명해지는 초록과 분홍 노래
> 가슴 가득 만발해서 나비가 오고 있다
> 하늘엔 난蘭을 치는 새들과
> 윤슬 피는 바다 찻집
>
> 저들은 매일같이 맑은 문자로 서성였네
> 눈과 귀 마음까지 닫아 버린 날들이여
> 따뜻이 안아 주지 못해
> 미안해지는 황혼 녘
>
> ─「여유를 아는 나이」 전문

시적 화자는 "눈과 귀 마음까지 닫아 버린 날들"을 회억한다. 회한과 아쉬움을 뒤로하고 이제 "비로소 선명해지는 초록과 분홍 노래"를 만난다. 만발한 꽃밭을 넘나드는 "나비"와 하늘을 수놓는 "새"와 바다의 "윤슬"과 그 곁의 "찻집"이 "매일같이 맑은 문자로" 서성임을 알게 되었다. 이제 시인은 실존적 정체성을 찾아 안간힘을 다하던 존재의 안에서 바깥으로 나아간다. 사실 실존(exsistance)은 내가 외부로 열리는 탈존(脫存, ex-sistance)이자 타인으로 열리는 외존(外存,

ex-position)의 양태와 다를 바 없다. 그러므로 진정한 마음의 시학, 과정의 시학은 자기의 바깥으로 나아가야만 한다. 이는 우리 전통 시학인 시언지詩言志와도 상통한다. 시는 뜻을 말하는데 그 뜻은 '마음이 가는 바'(心 + 之)이며 그 마음의 궁극은 천지의 마음(天地之心)에 이르는 지향을 품는다. 심리학에서 콤플렉스는 사고의 진전을 막는 매듭과 같다. 인용한 시편은 시인이 이러한 매듭을 해소한 연후에 얻은 시적자아의 "여유"를 말하고 있다. 따라서 바깥의 사물은 더욱 생동하는 물질로 다가오고 일상은 다정하며 풍경은 새로운 감동으로 존재를 이끈다.

풀잎처럼 순하디순한 긴 생머리 여자가
청사과 한 입 베 물고 바람결에 흔들린다
만지면 시들 것만 같아 앙가슴만 부풀고

눈에서 눈빛으로 전송하는 이모티콘처럼
하늘거린 풀꽃 향기로 건너가 안고 싶다
눈물이 마를 때까지 통기타 노래 들려주며

슬픔이 천둥 같아 두려움에 떠는 날이면
더 세게 고함쳐서 당신으로 태어나리
별처럼 떠도는 시간 속에 피워 올린 연꽃처럼
　　　　　　　　　　　　—「맑은 사랑의 시간」 전문

표제가 말하듯이 시인은 이제 "맑은 사랑의 시간"을 맞고 있다. 정체성 혼란과 에로스의 욕동을 넘어서 타자의 모습과 얼굴을 통하여 진정한 자기를 고양한다. 순수하게 바라보고 머무르면서 그의 슬픔이 사라지기를 갈망한다. "눈빛"과 "풀꽃 향기"로 마음을 전하지만 "슬픔이 천둥 같아 두려움에 떠는 날이면" "더 세게 고함쳐서 당신으로 태어나리"라고 다짐한다. 이처럼 시조집의 표제가 된 "고함쳐서 당신으로 태어나리"라는 구절이 차지하는 시적 위상은 매우 크다. "별처럼 떠도는 시간 속에 피워 올린 연꽃"과 같은 생의 내력을 품고 있기 때문이다. 이 시편에서 시적 화자의 관심은 단순한 동정이 아니라 철저한 공감이다. 소망, 믿음, 사랑 가운데 사랑이 최고의 심급인데 타자의 곁을 지키는 기다림은 지고지순한 사랑의 표현이며 죽음조차 새로운 생명으로 나타나는 수행이라 할 수 있다. 물론 「그믐달 남자의 사랑법」이나 「심장에 박힌 달빛 사랑」처럼 에로스의 욕망이 표백된 사랑도 있다. 하지만 이는 표면적 독해에 그칠 뿐 천지자연의 교응이 궁극적인 시적 지향임이 분명하다. 이 점에서 제6 시조집에 이르러 생동하는 사물의 조응으로 시인의 관심이 표 나게 이동한 사실을 지적하게 된다.

한 방울의 물소리가 아주 큰 힘을 가졌네
귀청 찢어지도록 달팽이관에 닿는 여운
단단한 돌집 한 채가 무너져 내릴 것만 같네

오리나무 잎잎들이 뱉어 내는 푸른 바람

동굴로 쑥 들어와서 어둠을 밝혀 주네

포로롱 날아든 새 한 마리, 목 축이며 나를 보네

맑아진 행간 속에 '또옥똑 으응' 물소리 공명

징검돌 놓듯 시詩를 놓아 징 소리를 내고 있네

산과 산 도봉道峯들이 일제히, 내 갈 길을 밝혀 주네

　　　　　　　　　　　　　　　　　　—「공명 동굴」 전문

　이 시편(poem)은 시(Poetry)가 생성하는 장소를 새롭게 제
시한다. 여기서 모든 사물은 서로 생명으로 연결되어 공명
한다. "한 방울의 물소리"가 지닌 힘에서 시작하여 "도봉
들"이 "내 갈 길을" 밝혀 주는 데 이르는 과정에서 사물들
은 모두 살아 있는 행위소가 되어 더불어 작용한다. "오리
나무 잎"이며 "새 한 마리"가 어둠을 밝히고 '나'를 응시한
다. 시적 화자 또한 "맑아진 행간 속에" 공명하면서 "시를
놓아" "징 소리를" 낸다. 브뤼노 라투르에 의하면 행위소는
인간이거나 비인간일 수 있는 행위의 원천이고, 어떠한 일
을 할 수 있는 효능을 가지며, 차이를 만들어 내며, 결과
를 만들어 내며, 사건이 일어나는 과정을 전환시키는 충분
한 응집력을 지닌다고 말한다. 굳이 라투르를 소환할 필요
도 없이 우리는 이미 기氣의 우주라는 사유의 방법에 익숙
한 바가 있다. 달리 유기론(organology)이라고 할 수 있는 사
유 형태인데 모든 사물이 생명적 연관 안에서 화육和育에 동

참하고 있음을 안다. 중요한 사실은 이러한 이론에 있지 않고 시인이 일상의 수준에서 이러한 감각을 유지하면서 시어를 포획하고 있다는 데서 찾아진다. 가령 「바람을 만져 보다」와 같은 시편의 경우가 좋은 예가 된다. 점심을 먹고 산책길을 나서는데 툭 치는 나무의 체온을 느끼는 순간이 다가온다. 바로 바람이 그 사이를 매개하고 있기 때문이다. 달리 기의 흐름이라고 할 수 있겠고 기운생동을 감각한다고도 할 수 있겠다.

급체한 세상의 동굴이 환해졌네
그늘 모두 지우고서 낮보다 뜨겁게 피는
빵 한 입 베어 먹는 밤,
종이비행기 타고 가네

나는 분명 혼잔데 내가 많아 환해졌네
일제히 달빛 분꽃이 돌림노래 시작하네
한 음절 잘라 먹으면 1센티씩 크는 영혼

우주 돌담 기어오르는 묵묵한 담쟁이같이
갈지자 미로 행간 뛰어넘는 박꽃같이
별 물을 무한정 퍼 올린
말줄임표 보름달

—「달빛 먹방」 전문

앞선 「공명 동굴」과 같은 계보의 시편인데 보름달이 뜬 밤의 풍경을 생동하는 사물의 움직임으로 그리고 있다. 이 가운데 시적 화자가 있고 혼자가 아님을 자각한다. 달빛과 분꽃, 담쟁이와 박꽃, 별과 물 등 서로 상응하지 않는 사물은 하나도 존재하지 않는다. 천지의 기운이 하강하고 상승하는 생기의 움직임 속에 있다. 이처럼 시인은 사물과 물질의 생성하는 활력을 전경화하고 있다. 이는 죽어 가거나 쓰레기가 되는 자본주의 현실에 대한 비판을 함의한다. 현대시조에 현실에 응전하는 힘을 부여하려는 의도가 없지 않다. "위선적 시조에 대한 환멸"이라는 자전적 시론의 실천이라 하겠는데 그 하나는 앞서 말했듯이 정치적 현실에 관한 회의주의의 표명이고 다른 하나는 근대적 생활양식에 대한 비판이다. 또한 일상과 생활의 표현이나 현실주의적 발화도 시인이 지향하는 "정직하고 구체적인 시조"의 길에 해당한다. 이처럼 임성구 시인은 삶의 의지를 반영하여 상승하는 이미지로 표출하고, 다른 한편으론 아래로 초월하려는 경향 또한 뚜렷하게 견지한다. 그만큼 그의 시는 따뜻한 인간애에 바탕을 두고 있다. 예를 들어 「조연, 저 검정들은 모두」는 "노동자, 풀뿌리 같은 노동자"가 단지 "조연"이 아니며 "굳은살로 뜨는 별"과 같은 존재로 인식하며 그들의 희생을 애도한다. 이에 상응한 시편이 「자운영」인데 자운영은 그야말로 거름이 되는 꽃이다.

친환경 녹비綠肥로 그대에게 가기 위해

오월이면 분홍 입술로 활짝 여는 교리입니다
세상에 거름 되라는 백비白碑 같은 비단 말씀

이미 떠나고 안 계신 야생의 들녘에서
찰진 밥 같은 자식은 정겹게 섬깁니다
단 한 번 해거리도 없이
꽃밥을 퍼 올립니다

당신의 아들과 손주, 증손주 고손주가
단번에 갈아엎어도 눈물 없는 축문입니다
대대로 이어 가는 말씀
경청하러 또 오겠습니다

—「자운영」 전문

　"녹비綠肥"를 "백비白碑"로 증폭한 시인의 의도가 놀라운
시편인데 이름 없는 희생의 의미를 새겨듣는 시적 화자의
태도가 아래로의 초월을 잘 드러낸다. 사물의 내력을 헤아
리고 그 이야기를 경청하는 표정이 곡진하다. 이 시편의
"자운영"은 다시 「그 무거운 짐도 나를 살게 한 힘이었음을」
에 등장하는 "산죽"과 유사한 이미지이다. "고된 등짝 암벽
삼아 더듬더듬 피어난 꽃"으로 번져 가는 그 "촉수가/ 내 생
명 줄"임을 알게 한다. "풀뿌리 같은 노동자"와 "단번에 갈
아엎어도 눈물 없는 축문"으로 남는 자운영과 "사방팔방 뻗
어 가는 산죽 뿌리"는 모두 자기희생의 존재들이다. 이처럼

시인은 힘없거나 미미한 존재에게서 희망을 발견하고자 한다. 그것은 곧 "주린 생을 전송하던 한 떨기 희망 메시지"(「놋숟가락, 청꽃 피다」 부분)를 구하려는 의지가 큰 연대로 이어지기를 갈망하는 일과 다르지 않다. 또한 이는 "곤히 잠든 밤 12시/ 비밀의 꽃밭으로// 빈틈이 없을 것 같아/ 쉬 못 닿던 씨앗 하나// 수억만 킬로미터에 닿은/ 천왕성의 내 사랑"(「활짝 왔습니다」 부분)과 같은 표현을 얻어 생명의 우주라는 새로운 사랑을 발명하려는 시적 지평과도 이어진다.

> 눈에 넣어도 안 아플
> 내 여자가 여기 있었네
>
> 흙 한 줌 닿지 않는
> 돌담 골목 작은 틈새
>
> 그늘을 물처럼 당겨 마시며
> 기형으로 핀 개민들레
>
> —「절창」 전문

그러므로 시인에게 '절창'은 "흙 한 줌 닿지 않는/ 돌담 골목 작은 틈새"에서 울려 나온다. 폐허의 푸른빛과도 같은 생명의 발현이다. 이를 찾아서 시인은 존재의 굴레를 짊어지고 오랜 뒤안길을 서성였던 것인데 마침내 "난생처음 당신에게 건네받은 고귀한 선물// 가는 곳곳 달고 다니며 빛나길 염원합니다// 살과 뼈, 온몸이 타 버려도// 온전하게 빛나기를"(「명명」부분) 바라는 명명名命에 도달한다. 이제 임성구 시인의 개성은 우뚝한 자리를 얻었다. 그의 시편은 "고통의 감동"(「고통의 감동」부분)이 있고 "경쾌한 감탄사 같은 꽃구름/ 추억 한 줄로"(「함안에 오면」부분) 물들며 "연초록 새의 혓바닥이 다 닳도록 사랑"(「설록에서 하룻밤」부분)하려는 갈망으로 차 있다. 시와 삶을 하나의 연속체로 살아온 여정이 진정한 의미에서 '생성적 양심'으로 부상하였다. 오히려 그는 처음부터 모성을 상실함으로써 놀랍게도 배려로서의 사랑이라는 모성적 가치를 건져 올리는 시적 역설을 성취하였다. 이 점에서 임성구 시인의 현대시조가 지닌 현 단계가 빛난다.